Histoires extraordinaires

FichesdeLecture.com

Histoires extraordinaires (Fiche de lecture)

I. INTRODUCTION

Les *Histoires extraordinaires* sont un ensemble de nouvelles écrites par Edgar Allan Poe. Charles Baudelaire, passionné par son œuvre, les a traduites et réunies dans un recueil en 1856.

Les dates indiquées dans la première partie correspondent donc à leur première parution individuelle.

II. PRÉSENTATION DES NOUVELLES

Double assassinat dans la rue Morgue (1841)

Cette nouvelle est narrée par un ami du détective Auguste Dupin. Deux assassinats ont eu lieu dans la rue Morgue, à Paris : on a retrouvé une mère et sa fille mortes (atrocement), dans un appartement fermé de l'intérieur, sans issue possible... Dupin, grâce à ses dons impressionnants de déduction, réussit à trouver qu'un orang-outan a commis le crime. Il piège son propriétaire, un marin, en passant une annonce dans le journal, annonçant qu'il a trouvé un orang-outan. Le maître confesse le crime de l'animal.

La Lettre volée (1845)

Nous retrouvons Dupin, contacté par le préfet de police de Paris : une lettre très précieuse a été dérobée dans le boudoir royal. On sait quand et qui a volé l'objet, mais impossible de piéger le coupable des faits. G. (le préfet) a pourtant fait fouiller sa maison. Quelques semaines après,

Dupin a retrouvé la lettre et nous explique comment il a procédé, à savoir raisonner d'une manière différente de celle du policier. Il se dit que la lettre a dû être non pas dissimulée, mais au contraire laissée bien en évidence : effectivement, elle était juste...dans une autre enveloppe sur le bureau, une place si évidente que personne ne l'avait envisagé.

Le Scarabée d'Or (1843)

Le gentleman William Legrand découvre un scarabée unique sur une île située près de la Caroline du Sud, alors qu'il travaillait sur la faune et la flore des lieux. En dessinant l'animal pour montrer son croquis à un ami, il s'aperçoit que s'il place son parchemin au-dessus d'une flamme, un crâne se dessine... puis des indices pour retrouver le trésor d'un pirate.

Le Canard au ballon (1844)

Un journal new-yorkais, *The Sun,* annonce qu'un ballon a réussi à traverser l'Atlantique en trois jours, avec à son bord l'aéronaute Monck Mason. Puis l'article détaille ce voyage, avec tous les détails techniques concernant le ballon, ainsi qu'un journal de voyage.

Poe estime qu'il a été plagié par le *Sun*, qui aurait repris l'une de ses histoires (la nouvelle *Aventure sans pareille d'un certain Hans Pfaal*), sans qu'il en tire un sou. Le « canard » fait alors référence à une arnaque journalistique, un canular du genre.

Aventure sans pareille d'un certain Hans Pfaall (1939)

C'est cette nouvelle que Poe estime avoir été plagiée par le *Sun*. À Rotterdam, des habitants dont le bourgmestre voient un ballon s'approcher de leur ville. De ce ballon, quelqu'un lance une lettre signée d'un citoyen que l'on n'a pas vu depuis quelques années...

Il s'agit d'Hans Pfaall, un fabricant de soufflets qui explique comment, tout près de la faillite, il a construit un ballon au gaz pour s'élever et atteindre la Lune, après avoir tué ses « bourreaux » (créanciers) au moment du décollage. Il prétend avoir rencontré des Lilliputiens. Ce canular de Poe est passé inaperçu suite au « grand canular lunaire » d'août 1835.

Manuscrit trouvé dans une bouteille (1833)

Un narrateur anonyme voyage en mer et dérive vers le sud depuis Batavia. Il sent qu'il va mourir alors qu'il approche des glaces polaires, et raconte ses péripéties dans un manuscrit, qu'il enferme dans une bouteille et jette à la mer. Avec cette nouvelle, Poe a gagné 50 dollars à un concours organisé par le *Baltimore Saturday Visiter*.

Cette nouvelle est aussi un pastiche de récits de voyages.

Une Descente dans le Maelstrom (1841)

Au large de la Norvège, un marin a échappé à la mort alors qu'il menaçait de sombrer dans un maelstrom. Il raconte comment il s'est attaché à une barrique pour ne pas être aspiré au cœur du tourbillon. Cette nouvelle a des airs de science-fiction avant l'heure.

La Vérité sur le cas de M. de Valdemar (1845)

L'histoire est racontée par P., un grand médecin qui se passionne pour le magnétisme. Avec l'accord d'un ami sur le point de mourir, M.de Valdemar, il le plonge en hypnose avant que celui-ci ne trépasse. C'est une nouvelle à suspense qui a beaucoup troublé les gens à sa parution, car elle paraissait vraie, jusqu'à ce que Poe ne révèle qu'il s'agissait d'une fiction, dans *Marginalia*.

Révélation magnétique (1844)

La nouvelle raconte comment un patient est hypnotisé par son magnétiseur, car il pense pouvoir comprendre Dieu et l'univers dans cet état. Toutefois, il décède, et un doute surgit : répondrait-il aux questions alors qu'il était déjà mort ?

Souvenirs de M. Auguste Bedloe (1844)

Poe s'est appuyé sur sa propre vie d'étudiant en Virginie pour écrire cette nouvelle. Il y raconte l'histoire d'Auguste Bedloe, qui se soumet, auprès du Dr Templeton notamment, à des expériences d'hypnose et de consommation d'opium. Cela amène l'écrivain à traiter de domaines tels que les psychotropes et leurs effets mystiques sur la perception de Bedloe, ainsi que la transmigration des âmes. Bedloe meurt à cause d'une sangsue.

Morella (1835)

La nouvelle s'ouvre sur une citation de Platon. Le narrateur épouse son amie Morella, non par amour mais par fascination et parce que la culture et l'intelligence de cette dernière l'attirent profondément. Il devient « écolier » à ses côtés. Un jour, elle lui annonce qu'elle va mourir, mais aussi vivre, une énigme qui le plonge dans l'incertitude. Une fille naît lorsqu'elle décède, et il ne lui donne pas de nom avant plusieurs années. Elle ressemble de façon frappante à sa mère. Lorsqu'il la baptise enfin, une force le pousse à l'appeler Morella, et elle meurt... mais en l'emmenant à sa tombe, il ne trouve « aucune trace de la première Morella »...

Ligeia (1838)

Cette nouvelle raconte les deux mariages du narrateur ; il épouse d'abord la belle Ligeia, une noble et brillante noble très intelligente, à la chevelure sombre. Lorsqu'elle décède après une maladie, il se remarie avec son opposé sans oublier Ligeia : sa nouvelle épouse est la blonde Lady Rowena. Elle décède elle aussi. Lors de la veille mortuaire, il assiste alors à la résurrection du cadavre...qui n'est autre que Ligeia.

Metzengerstein (1832)

Les familles Metzengerstein et Berliftizing sont ennemies jurées. Frederick, cruel héritier de la première, aurait allumé un incendie dans les écuries de la famille rivale, provoquant la mort du patriarche de celle-ci. Son attention est alors attirée par un cheval sauvage sur une tapisserie... suivie de l'arrivée d'un cheval bien réel, qui lui ressemble beaucoup.

Mais une nuit, la monture l'emporte, tandis que sa propre demeure brûle : Frederick Metzengerstein est puni à son tour, la vengeance est accomplie.

III. AXES D'ANALYSE DE L'ŒUVRE

Un personnage célèbre : Auguste Dupin

Si Poe a varié les personnages dans ses nouvelles, on retrouve cependant plusieurs fois le chevalier Dupin, dans la trilogie qui porte son nom, et qui comporte *Double Assassinat dans la Rue Morgue*, *Le Mystère de Marie Roget* et *La Lettre volée*.

Le chevalier Dupin fait montre d'une perspicacité, d'une intelligence et d'un instinct hors du commun qui lui permettent de résoudre des énigmes de manière surprenante, là où tout le monde avait échoué.

À travers lui, Edgar Poe s'est affirmé comme l'un des premiers auteurs policiers modernes. Malgré le fait qu'il n'apparaisse « que » dans trois nouvelles, Dupin a véritablement eu un impact en tant que héros détective, puisque même un autre ouvrage a été publié en 1990 (en France du moins) par Michael Harrison, *Le retour du chevalier Dupin,* ainsi qu'en 2004 par Gérard Dôle dans *Les Extraordinaires aventures du chevalier Dupin.*

Rationnel et irrationnel chez Poe

La plupart des nouvelles de Poe mettent en opposition les comportements rationnels et ceux irrationnels. On y trouve d'un côté des fous, des assassins ou des partisans de phénomènes paranormaux, tandis que de l'autre, l'auteur nous propose des figures réfléchies et sensées, à l'image de Dupin. La différence entre ces deux catégories s'explique par plusieurs causes : les personnes immorales et/ou égoïstes cèdent à leurs pulsions irrationnelles, tandis que les autres savent jouer de leur conscience et de leur logique. L'humanité de Dupin, son empathie humaine lui permet de résoudre des cas apparemment insolubles.

La fascination pour la mort

La mort est souvent au cœur des *Histoires extraordinaires.* Il peut s'agir de meurtres ou de morts étranges, mais bien souvent ses personnages sont marqués par une peur certaine de la mort, qui détermine leurs actions et crée parfois de véritables obsessions.

La mort est aussi liée à la résurrection, ce qui renforce la dimension fantastique de l'œuvre ; ainsi dans *Ligeia,* une morte revient à la vie... à la place d'une autre.

Alter-ego(s)

Le thème du double a également une importance certaine dans les nouvelles de Poe. L'identité est rarement unique, unifiée chez les personnages de Poe. Sous toutes ses formes, la dualité apparaît régulièrement, même à travers des phénomènes comme la résurrection (*Ligeia* par exemple, présente une brune, son double blond, puis sa propre résurrection...)

Second corps, déchirements intérieurs, obsession(s) : l'être humain est double ou divisé, chez Poe, et se bat souvent contre lui-même.

Une fois de plus, Dupin se détache du lot du commun des mortels, en parvenant à réconcilier ses deux faces, l'une créative et éparpillée, l'autre beaucoup plus rationnelle et logique. Non seulement il y parvient, mais en plus cela lui donne la possibilité de se montrer plus brillant que les autres hommes, tout en gardant son sens moral.

Les forces de l'être humain

Deux d'entre elles sont particulièrement développées : la curiosité et l'ingéniosité doublée de persévérance. Nous pouvons prendre pour exemple deux des nouvelles :

- *Une Descente dans le Maelstrom* met en avant les réflexes d'intelligence et de bravoure d'un marin au bord de la mort, prêt à être englouti dans un gigantesque tourbillon. On voit alors que face à la mort et l'urgence, l'être humain a des ressources impressionnantes dans l'adversité. La raison l'emporte souvent sur le désespoir.
- Dans *Le Scarabée d'Or* et *Manuscrit trouvé dans une bouteille,* la curiosité est mise en avant de manière positive. Dans la seconde, le narrateur (un marin qui dérive vers le sud), repense aux découvertes d'un autre équipage en à l'approche des régions polaires qui sont si menaçantes pur lui. Cela lui permet de dépasser sa peur. Legrand, dans le *Scarabée d'Or,* est totalement mû par sa curiosité vis-à-vis de l'insecte puis du parchemin. Au final, il en sera récompensé.

C'est donc là une vision particulière à Poe : la curiosité est synonyme d'intelligence et d'humanité chez ses personnages.

L'hommage de Baudelaire

Non seulement le poète a traduit et réuni des travaux de Poe, mais il lui a aussi rendu hommage dans une introduction à l'œuvre *Histoires extraordinaires* : *« Aucun homme n'a raconté avec plus de magie les exceptions de la vie humaine et de la nature : les fins de saisons chargées de splendeurs énervantes, l'hallucination convaincue et raisonnée comme un livre. L'absurde s'installe dans l'intelligence et la gouverne avec une épouvantable logique. Poe fut toujours grand, non seulement dans ses conceptions nobles, mais encore comme farceur. Chez lui, toute entrée en matière est attirante, sans violence, comme un tourbillon. Sa solennité surprend et tient l'esprit en éveil. On sent tout d'abord qu'il s'agit de quelque chose de grave. Et lentement, peu à peu, se déroule une histoire dont tout l'intérêt repose sur une imperceptible déviation de l'intellect, sur une hypothèse audacieuse. Le lecteur, lié par le vertige, est contraint de suivre l'auteur dans ses entraînantes déductions. C'est l'écrivain des nerfs. »*

Dans la même collection en numérique

Escadrille 80

Inconnu à cette adresse

La controverse de Valladolid

Les Vilains petits canards

Une partie de campagne

Cahier d'un retour au pays natal

Dora Bruder

L'Enfant et la rivière

Moderato Cantabile

Alice au pays des merveilles

Le faucon déniché

Une vie

Chronique des Indiens Guayaki

Je voudrais que quelqu'un m'attende quelque part

La nuit de Valognes

Œdipe

Disparition Programmée

Education européenne

L'auberge rouge

L'Illiade

Le voyage de Monsieur Perrichon

Lucrèce Borgia

Paul et Virginie

Ursule Mirouët

Discours sur les fondements de l'inégalité

L'adversaire

La petite Fadette

La prochaine fois

Le blé en herbe

Le Mystère de la Chambre Jaune

Les Hauts des Hurlevent

Les perses

Mondo et autres histoires

Vingt mille lieues sous les mers

99 francs

Arria Marcella

Chante Luna

Emile, ou de l'éducation

Histoires extraordinaires

L'homme invisible

La bibliothécaire

La cicatrice

La croix des pauvres

La fille du capitaine

Le Crime de l'Orient-Express

Le Faucon malté

Le hussard sur le toit

Le Livre dont vous êtes la victime

Les cinq écus de Bretagne

No pasarán, le jeu

Quand j'avais cinq ans je m'ai tué

Si tu veux être mon amie

Tristan et Iseult

Une bouteille dans la mer de Gaza

Cent ans de solitude

Contes à l'envers

Contes et nouvelles en vers

Dalva

Jean de Florette

L'homme qui voulait être heureux

L'île mystérieuse

La Dame aux camélias

La petite sirène

La planète des singes

La Religieuse

À propos de la collection

La série FichesdeLecture.com offre des contenus éducatifs aux étudiants et aux professeurs tels que : des résumés, des analyses littéraires, des questionnaires et des commentaires sur la littérature moderne et classique. Nos documents sont prévus comme des compléments à la lecture des oeuvres originales et aide les étudiants à comprendre la littérature.

Fondé en 2001, notre site FichesdeLectures.com s'est développé très rapidement et propose désormais plus de 2500 documents directement téléchargeables en ligne, devenant ainsi le premier site d'analyses littéraires en ligne de langue française.

FichesdeLecture est partenaire du Ministère de l'Education du Luxembourg depuis 2009.

Plus d'informations sur www.fichesdelecture.com

Notes :